AF382892

Analyse de l'œuvre

Par Emilio Sciarrino
et Marie-Pierre Quintard

Syngué sabour
Pierre de patience

d'Atiq Rahimi

lePetitLittéraire.fr

Rendez-vous sur lepetitlitteraire.fr et découvrez :

Plus de 1200 analyses
Claires et synthétiques
Téléchargeables en 30 secondes
À imprimer chez soi

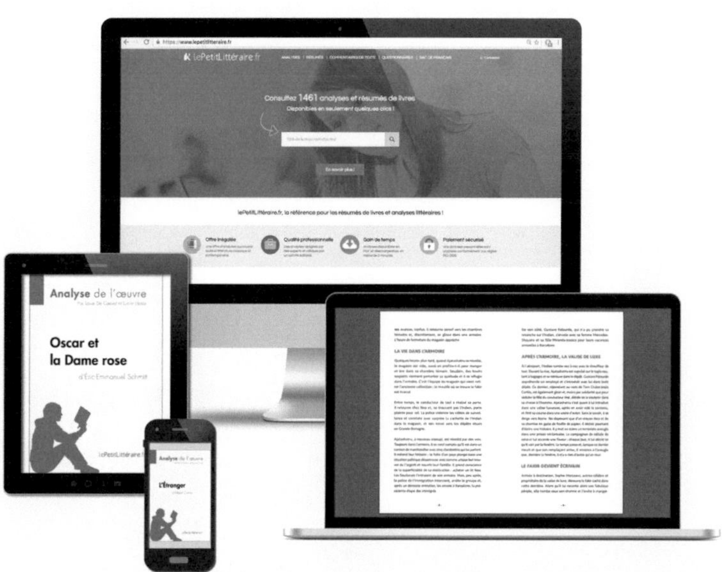

ATIQ RAHIMI

ROMANCIER
ET RÉALISATEUR FRANCO-AFGHAN

- **Né en 1962 à Kaboul (Afghanistan)**
- **Quelques-unes de ses œuvres :**
  - *Terre et cendres* (2000), roman
  - *Les Mille Maisons du rêve et de la terreur* (2002), roman
  - *Maudit soit Dostoïevski* (2011), roman

Atiq Rahimi a fait ses études au lycée franco-afghan de Kaboul, puis a étudié la littérature à l'université. En 1984, fuyant la guerre d'Afghanistan (1979-1989), il rejoint le Pakistan, puis demande et obtient l'asile politique en France. Il entame ensuite un doctorat en communication audiovisuelle à la Sorbonne (Paris).

Il réalise des films documentaires et adapte en 2004 son propre roman *Terre et Cendres*, qui obtient le prix Regard vers l'avenir au Festival de Cannes. S'il écrit ses trois premiers romans en persan, *Syngué Sabour. Pierre de patience* (2008)

a par contre été directement rédigé en français.
L'ouvrage appartient donc à la littérature francophone, qui désigne la littérature d'auteurs qui
ont fait le choix d'utiliser la langue française sans
être eux-mêmes Français.

SYNGUÉ SABOUR.
PIERRE DE PATIENCE

UN ROMAN DE GUERRE ET DE VIOLENCE

- **Genre :** roman
- **Édition de référence :** *Syngué Sabour. Pierre de patience*, Paris, P.O.L., 2008, 160 p.
- **1re édition :** 2008
- **Thématiques :** violence, vulnérabilité des corps, révolte de la femme, religion, émancipation

Syngué Sabour. Pierre de patience est un court roman écrit en français et publié en 2008 par les éditions P.O.L.

L'histoire se situe quelque part dans le Moyen-Orient, peut-être en Afghanistan pendant la guerre, et met en scène une femme seule face à son mari agonisant. Seuls quelques personnages viennent interrompre son monologue troublant où la prière se mêle au ressentiment pour se transformer en revendication. L'actualité brulante que l'auteur traite et sa capacité à se rattacher à de grands thèmes (la religion, l'émancipation de la femme) par une écriture efficace et prenante ont valu au roman le prix Goncourt 2008, ainsi qu'un excellent accueil du public et de la critique. Il a, du reste, été traduit en de nombreuses langues.

RÉSUMÉ

Le récit se situe « quelque part en Afghanistan ou ailleurs » (p. 11). C'est la guerre civile. Une femme veille son mari blessé, inerte depuis bientôt trois semaines, dans une modeste chambre aux murs nus, à l'exception d'un kandjar (poignard) et d'un portrait photographique de l'homme, l'air moqueur, pris quelques années plus tôt.

Le récit progresse selon le rythme régulier du souffle de l'homme inanimé, sur lequel se calquent les prières de la femme égrenant son chapelet. Les journées sont ponctuées par les explosions et les tirs, la prière et les soins rudimentaires que la femme dispense à son mari : changer la perfusion, lui humidifier les yeux – qu'il garde ouverts –, le laver. Dans les pièces voisines, on entend régulièrement les pleurs et plaintes de deux petites filles. La femme quitte de temps en temps la pièce pour rejoindre ses enfants. La nuit, elles se réfugient toutes les trois dans le sous-sol de la maison pour échapper aux bombes.

Peu à peu, la parole de la femme se libère ; ce n'est plus son chapelet qu'elle égrène, mais ses souvenirs. Elle commence par avouer à son mari qu'elle avait ses règles durant leur nuit de noces, et que ce sang, considéré comme impur par les hommes, fut naïvement perçu par lui comme le signe de sa virginité. Elle revient ensuite sur l'histoire de son mariage, qui fut arrangé par une belle-famille méprisante à son égard, à l'exception de son beau-père, pour lequel elle semble avoir éprouvé une réelle affection. Elle évoque aussi son enfance, le portrait d'un père tyrannique et sa révolte de petite fille. Elle parle enfin de cette tante chérie, qui fut bannie de sa famille pour avoir affirmé sa révolte et sa liberté par un geste meurtrier : en tuant son beau-père qui abusait d'elle.

Une nuit, des soldats s'introduisent dans la maison, maltraitent et pillent le malade. Le lendemain, terrorisée par l'étau du danger qui se resserre (le mari et le père de sa voisine ont été décapités, et la pauvre veuve en a perdu la raison), la femme décide de partir à la recherche de sa tante pour s'y réfugier avec ses filles.

Elle revient néanmoins tous les jours auprès de

son mari, qu'elle appelle désormais sa *syngué sabour* (en français, « pierre de patience »). Selon la légende perse que lui a racontée son beau-père, cette pierre sacrée reçoit la confession de tous les malheurs, toutes les souffrances et misères que l'on n'ose pas confier aux autres ; elle les absorbe jusqu'à ce qu'elle éclate. Grâce à cette parole libérée, à cette confession sans retenue, la femme se révolte, s'émancipe et accède ainsi à une forme d'apaisement.

Un soir, alors qu'elle s'apprête à partir, les tirs reprennent et deux soldats surgissent dans la pièce – dont un jeune homme bègue et timide. Elle leur fait croire qu'elle se prostitue pour échapper au viol. Ils s'enfuient. Le jeune soldat revient un autre jour lui demander qu'elle lui vende son corps. Elle refuse tout d'abord, puis finit par céder. Cela se reproduit plusieurs fois, et la femme semble apprécier cette occasion de redécouvrir les plaisirs d'un corps frustré, mais qui a été libéré par la parole. Elle hurle sa révolte à la face de son mari inerte lorsqu'elle découvre que ce jeune homme est un orphelin recueilli par l'autre soldat, qui l'utilise comme objet de ses désirs et le torture.

Dans une sorte de fol espoir, complètement illusoire, la femme pense que sa confession transformera son mari, qu'il l'aimera désormais, et elle finit par lui avouer que leurs deux filles ne sont pas de lui. Quand elle a compris qu'il était stérile, elle a en effet eu des rapports avec un inconnu pour répondre à l'impératif familial qui veut qu'une femme donne des descendants à son mari, sans quoi elle aurait été bannie.

Après cette ultime confession, la *syngué sabour* éclate, comme le prédit la légende : dans une fin qui s'apparente à un songe, l'homme se réveille et tue violemment sa femme.

ÉTUDE DES PERSONNAGES

LA FEMME

La femme est incontestablement l'héroïne du roman. Elle soigne son mari blessé, apparemment inconscient, et lui parle. Cette situation particulière lui permet d'enfin s'exprimer librement. Elle le fait d'abord timidement, mais sa prière devient, au fil du temps, révolte et revendication.

Elle raconte son oppression sociale et sexuelle. Son monologue comprend également des séquences de souvenirs (la nuit de noces, la solitude pendant que le mari est au front, la coercition exercée par la belle-famille). Elle vacille, partagée entre le désarroi et la revendication, la foi et le dégout révolté : « Pourquoi lui dire tout cela ? je deviens folle. Coupe ma langue, Allah ! que la terre engorge ma bouche ! » (p. 29) Dans un crescendo de révélations, elle avoue tout ce qu'elle n'a jamais pu dire à son mari : les vexations, les secrets, la souffrance.

Son rôle de mère n'a guère d'impact dans ce monologue : ses filles, présentes au début du livre, disparaissent de ses discours. En revanche, sa relation aux hommes prend de plus en plus d'importance. En particulier lors des rapports sexuels auxquels elle consent avec le jeune orphelin de passage - se rendant coupable à la fois d'adultère et de prostitution –, et lorsqu'elle évoque les relations secrètes qu'elle a eues avec un inconnu pour avoir des enfants et pallier ainsi la stérilité de son mari. Ses transgressions seront punies de mort, ou du moins c'est ce que l'auteur laisse entendre à la fin de son récit.

La réduction de ce personnage à un simple nom commun, « la femme », sans autre signe distinctif, en fait une allégorie de toutes les femmes afghanes et, partant, de toutes les femmes du monde qui subissent l'oppression d'une société patriarcale.

L'HOMME

C'est le mari de l'héroïne. Il est alité, inerte et sévèrement blessé.

Le récit débute par une double description de ce

personnage. On le découvre tout d'abord *via* son portrait accroché au mur de la chambre : « Un homme moustachu. Il a peut-être trente ans. Cheveux bouclés. Visage carré [...]. Ses yeux noirs brillent. [...] Il a l'air de quelqu'un qui réfrène son rire. » (p. 14)

Ensuite, et en parallèle, est dépeint l'homme tel qu'il est aujourd'hui, inanimé et immobile : « Il porte une barbe. Poivre et sel. Il a maigri. Trop. Il ne lui reste que la peau. Pâle. Pleine de rides. [...] Il ne rit toujours pas. Et il a encore cet étrange air moqueur. » (p. 14)

Ce double portrait qui ouvre le récit confère à ce personnage une présence physique forte et que l'on pressent centrale dans le récit qui va suivre. Cet effet est renforcé par le souffle régulier de ce corps inanimé qui rythme le texte.

C'est ensuite au travers du regard de sa femme que l'on découvre la psychologie de cet homme. Il apparait comme un être violent, soldat avant tout, incapable d'aimer et pétri de principes extrémistes qui avilissent la femme jugée impure.

Sa famille le considère néanmoins comme un

héros – en particulier sa mère –, à l'exception de son père qui, en dépit de l'amour qu'il lui porte, finit par le voir comme un être assoiffé de sang et de pouvoir : « Il t'aimait, toi. Il était fier de toi quand tu te battais pour la liberté. [...] C'est après la libération qu'il a commencé à te haïr, toi, mais aussi tes frères, lorsque vous ne vous battiez plus que pour le pouvoir. » (p. 70) Ainsi l'homme, et l'état dans lequel il se trouve, blessé par balle à la nuque à la suite d'une altercation stupide avec un soldat de son camp, illustrent l'absurdité de cette guerre.

Par sa présence silencieuse, l'homme acquiert enfin une dimension symbolique, celle que lui attribue sa femme en le considérant comme sa « *syngué sabour* », cette pierre sacrée dont la légende raconte qu'elle peut absorber le récit de nos malheurs et souffrances inavouables jusqu'à ce qu'elle éclate.

LES PETITES FILLES

Au début du roman, les petites filles rôdent autour du père. Elles sont conscientes que celui-ci n'est pas simplement en train de dormir. Leur présence et leur regard naïf rendent la scène plus éprouvante. Malgré leur effacement progressif, les filles tiennent un rôle clé dans l'intrigue, car on apprend à la fin du roman qu'elles ne sont pas les filles légitimes du père, en réalité stérile, mais le fruit d'une relation avec un inconnu à laquelle la mère a dû se soumettre afin d'enfanter, pour sauver l'honneur de la famille et pour que son mari, ignorant de son état, la garde auprès de lui.

LA VOISINE

La voisine représente pour la femme la seule autre présence féminine et adulte avec qui partager sa souffrance. Mais sa folie, née d'un délire posttraumatique, vient rompre toute possibilité d'échange et d'union. Certains indices font d'ailleurs croire à sa mort.

LES SOLDATS

Les soldats sont dépeints de manière indistincte, impersonnelle. Ils sont brutaux et représentent les acteurs de la guerre dans toute son horreur primaire. Ils entrent par effraction dans la maison à deux reprises. Une première fois pour maltraiter le corps du mari inerte et voler l'alliance ainsi que le Coran ; la seconde fois, un soldat accompagné d'un jeune homme bègue font irruption chez la femme avec l'intention de la violer, mais celle-ci les repousse en se faisant passer pour une prostituée.

L'ADOLESCENT BÈGUE

Personnage ambigu, il semble d'abord appartenir au monde des hommes guerriers, mais sa jeunesse et son défaut de prononciation le marginalisent. Après sa première visite, durant laquelle il accompagne un soldat, il revient chez la femme avec de l'argent pour lui demander de se vendre à lui. Elle le fait d'abord avec antipathie, mais leur relation évolue rapidement. Ils découvrent ensemble les plaisirs du corps et de la sexualité : lui, pour la première fois, et elle, avec une nouvelle liberté. Elle apprend qu'il est soumis et maltraité pour assouvir les pulsions sadiques du soldat. L'adolescent est donc plutôt un double masculin de la femme : il subit également l'oppression de la caste masculine et guerrière.

LE BEAU-PÈRE ET LA TANTE

Le beau-père de la femme est évoqué, le plus souvent, avec affection ; elle le considère comme une sorte de guide spirituel : « J'ai eu deux maîtres dans ma vie, ma tante et ton père. De ma tante, j'ai appris comment vivre avec les hommes, et de ton père pourquoi vivre avec eux. » (p. 102) Il représente une forme de sagesse et porte un regard clairvoyant sur les mystères de la vie : « Ton père connaissait vraiment les choses de la vie. » (p. 114) Il fait partie des éclairés, comme la femme et la tante, face à la cécité des extrémistes, mais cela lui a valu d'être considéré comme un fou et d'être rejeté par les siens.

La tante est l'autre personnage qui a joué un rôle essentiel dans l'éducation spirituelle de la femme. Son histoire est tragique. En effet, comme elle était stérile et par conséquent « bonne à rien » (p. 102), son mari l'a envoyée chez ses parents pour les servir. Dès lors, son beau-père n'a eu de cesse d'abuser d'elle jusqu'à ce que, n'en pouvant plus, elle finisse par le tuer. Elle fit ensuite croire à son suicide. Sa famille la renie jusque dans la mort.

La femme, qui était très proche d'elle quand elle était enfant (« Je l'aimais plus que ma mère. [...] C'est elle qui m'a appris à lire, à vivre... », p. 102), finit par la retrouver dans une maison close.

La tante est ainsi, pour sa nièce, un modèle de révolte pour la liberté féminine.

La tante et le beau-père sont tous deux des passeurs qui permettent à la femme de dérouler son récit en lui offrant, pour l'une, la force d'assumer la sensualité de son corps de femme et, pour l'autre, en lui donnant une place légitime et centrale dans le récit sacré. Ce sont eux qui transmettent les fables racontées dans le roman, ils sont donc les médiateurs d'une pensée philosophique.

LA BELLE-MÈRE ET LES BEAUX-FRÈRES

La belle-mère et les beaux-frères forment un clan hostile à l'égard de la femme, qu'ils considèrent comme un objet. C'est la belle-mère qui arrange le mariage pour son fils. Aux yeux de cette marâtre, peu importe la femme choisie, l'essentiel est qu'elle enfante, qu'elle puisse donner des descendants à son fils chéri. C'est pour répondre à cet impératif que la femme commettra l'adultère.

Quant aux frères de l'homme, ils apparaissent

comme des êtres lâches et sans scrupules : « Il paraît que ce quartier sera la prochaine ligne de front entre les factions. [...] Tes frères [...], ils savaient ! C'est pour ça qu'ils sont tous partis. Ils nous ont abandonnées ! les lâches ! » (p. 65-66) Les valeurs familiales, l'honnêteté et bien d'autres qualités sont bafouées par ces personnages dont l'ignominie semble être soulignée pour mieux justifier la révolte de la femme.

CLÉS DE LECTURE

UN ROMAN À PORTÉE UNIVERSELLE

Une scène
et des personnages indéterminés

La première phrase du roman, « quelque part en Afghanistan ou ailleurs » (p. 11), dévoile d'emblée l'ambigüité du récit. En effet, d'un côté, l'auteur nous donne un repère précis, identifiable géographiquement : l'Afghanistan. Les références culturelles et linguistiques confirment d'ailleurs cette localisation, ainsi que la dédicace du récit à une poétesse afghane assassinée par son mari, Nadia Anjuman (1980-2005). Le roman aurait donc été inspiré d'un fait réel et sanglant dont on ne sait rien de plus.

D'un autre côté, il faut noter l'absence de tout marqueur temporel précis. La temporalité du récit est purement rythmique, voire cyclique : la respiration de l'homme, l'écoulement goutte à goutte du sérum de sa perfusion, la succession du jour et de la nuit, l'appel du *muezzin* (fonctionnaire religieux musulman chargé de faire l'appel à la prière, cinq fois par jour, du haut du minaret de la mosquée), ou encore l'égrenage du chapelet de la femme. On pourrait donc être plongé au cœur de n'importe quelle guerre et, si l'on se concentre cette fois sur la deuxième partie de la phrase introductive, dans n'importe quel pays de langue arabe.

En effet, à part les références – déjà relevées – à l'Afghanistan, l'auteur évite d'entrer dans le particulier, et préfère rester dans l'indéterminé, dans le général : il n'indique ainsi dans la dédicace que les initiales du nom de la poétesse, N. A. ; et ses personnages n'ont pas de noms propres, mais sont identifiés uniquement comme « l'homme » et « la femme ».

Le livre acquiert de cette manière une dimension universelle et quasi intemporelle.

La portée symbolique du récit

Atiq Rahimi donne à son roman une portée symbolique, une valeur allégorique. Celle-ci est renforcée par les fables qui ponctuent le récit. C'est en premier lieu la légende de *syngué sabour*, la pierre de patience, racontée par le beau-père à la femme. Elle n'en comprend le sens qu'à l'instant présent du récit :

> « Maintenant, je comprends enfin ce que disait ton père à propos d'une pierre sacrée [...]. À la veille de sa mort, ton père [...] m'a murmuré : "[...] Maintenant, je sais où se trouve cette pierre. Elle est [...] à La Mecque ! [...] Va là-bas ! Livre-lui tes secrets jusqu'à ce qu'elle se brise... jusqu'à ce que tu sois délivrée de tes tourments." » (p. 87-88)

Dès lors, l'homme inerte acquiert une valeur symbolique : la femme lui assigne le rôle de pierre de patience, à laquelle elle livre tous ses secrets et toutes ses souffrances. Cette voix féminine devient elle aussi symbole, car elle incarne la plainte de toute une communauté féminine opprimée ; elle s'élève dans le chaos de la civilisation qui lui imposait de se taire. Il faut néanmoins préciser que la femme ne peut ainsi risquer une parole libre que parce que l'homme, pour une fois, se tait.

Un autre récit allégorique, issu de la parole coranique et toujours transmis par le beau-père, est raconté à la fin du livre. Il met en scène le prophète Muhammad (vers 570-632) et sa femme Khadidja (morte en 619). Cette dernière, selon l'interprétation du beau-père, joue un rôle capital dans le texte sacré : « Ton père ajoutait que c'était là la mission de Khadidja : révéler à Muhammad le sens de sa prophétie, [...] l'arracher à l'illusion des apparences et des simulacres sataniques... Elle aurait dû être, elle-même, la messagère, le Prophète. » (p. 140-141)

La femme termine son récit en se sentant investie de ce rôle de prophète. Elle s'exclame, en s'adressant à son mari : « Comme Dieu, tu es patient, paralytique. Et moi, je suis ta Messagère ! Ton Prophète ! Je suis ta voix ! Je suis ton regard ! Je suis tes mains ! Je te révèle ! Al-Sabour ! » (p. 152-153)

Et cette sorte d'extase est suivie par la fin étrange du roman, proche du songe, lorsque le mari se réveille et tue violemment sa femme qui, morte, « rouvre doucement les yeux » (p. 155). La pierre de patience éclate donc, comme l'avait prédit la légende. Mais comment comprendre cette fin ? Est-ce là le signe qu'il n'y a pas d'autre délivrance possible que la mort ? Est-ce pour indiquer que la femme qui ose une parole libre s'expose inexorablement à la mort ? Ou bien est-ce la métaphore d'une renaissance, d'une résurrection de la femme, enfin libérée ?

L'interprétation reste libre, mais l'indication que « le vent se lève et fait voler les oiseaux migrateurs au-dessus [du] corps [de la femme] » (*ibid.*) laisse penser que cette dernière renait véritablement dans l'espoir d'une nouvelle vie. En rouvrant les yeux, son esprit libéré s'envole de la même manière que les oiseaux – qui sont en réalité des motifs représentés sur les rideaux de la chambre, décrite au début du roman – prennent vie.

LA RELIGION ET L'ABSENCE DE DIEU

La religion est également au centre du récit, qui se fonde sur l'analogie entre le corps inerte du mari et la pierre magique de *syngué sabour*. La prière et le rituel, ainsi que la lecture du Coran, sont au départ vécus comme une consolation par la femme, mais ils ne servent qu'à évoquer un Dieu caché, inaccessible, en fait absent, et se changent peu à peu en un chant de colère.

Le vol de l'alliance et du Coran par les soldats représente ainsi une transgression suprême.

En même temps, il devient l'affranchissement
– forcé – de ces normes. En effet, comme le
montre tout le récit, c'est l'homme qui détient le
pouvoir de vie et de mort, et la femme ne peut
que s'y soumettre. Les croyances religieuses
seront alors transgressées, subverties par la
femme. L'acmé (le sommet, le point le plus élevé)
du discours est atteint à la fin du récit :

> « Regarde-toi, tu es Dieu. Tu existes, et tu ne
> bouges pas. Tu entends et tu ne parles pas. Tu
> vois, et tu n'es pas visible ! Comme Dieu tu es pa-
> tient, paralytique [...]. Sa main désigne l'homme,
> son homme au regard *absent* face à une création
> *absente.* » (p. 152-153, nous soulignons)

Le rôle de la religion est donc central : à la fois
instrument de l'oppression de la femme, elle
est aussi ce qui lui permet de se libérer, à la fois
grâce à la légende de la pierre de patience, mais
aussi par cette nouvelle interprétation du Coran,
posant la femme en prophétesse.

SOUMISSION ET RÉVOLTE DE LA FEMME

Au centre des thématiques abordées par le

roman se trouve la femme et sa situation peu envieuse d'esclave ou d'objet. Victime des codes d'honneur imposés par la famille et d'une morale hypocrite fondée sur les apparences, elle est également victime de son mari, qui dispose de son corps asservi. Elle est enfin à la merci de tout homme, pour lequel elle peut devenir, à tout moment, un objet sexuel. Face à cette oppression, son monologue prend l'allure d'une révolte. Cette reconquête de la liberté par la parole passe par la réappropriation des trois espaces symboliques que sont :

- **le corps**. L'héroïne agit librement, notamment d'un point de vue sexuel (« Je vends ma chair, comme vous vendez votre sang », dit-elle au soldat, p. 97) ;
- **la parole**. Le monologue lui permet de parler librement et de mettre ses souffrances, ses blessures et ses désirs en récit ;
- **l'univers des croyances dominantes**. L'héroïne interprète librement les dogmes religieux et retrouve une place centrale et légitime dans le texte sacré.

Sa révolte passe donc par le discours. D'ailleurs, la dédicace du livre indique que ce récit est rédigé à la mémoire d'une certaine N. A., poétesse afghane tuée par son mari. Ceci permet d'identifier l'héroïne à une femme lettrée, en l'occurrence Nadia Anjuman, c'est-à-dire à une femme qui combat l'oppression qu'elle subit au sein même de la langue.

LA GUERRE ET LA VIOLENCE

La guerre est le cadre dramatique de l'action. L'auteur ne donne que très peu d'informations quant aux évènements et aux raisons de leur déclenchement, reflétant ainsi les conditions réelles de ces guerres d'usure qui peuvent durer plusieurs années. D'ailleurs, les soldats peinent à différencier ceux qui font partie de leur camp de ceux du camp adverse.

La guerre est évoquée seulement par des indices extérieurs (déflagrations, passage de chars) et par l'intervention des soldats : « Soudain, l'éclair aveuglant d'une explosion. Une déflagration assourdissante fait trembler la terre. Son soufflé brise les vitres. Les hurlements déchirent les gorges. » (p. 46)

L'intérieur et l'extérieur de la maison communiquent, et le confinement de la chambre n'offre aucune sécurité. La guerre a pour conséquence la perte de toute valeur, de toute dignité (y compris religieuse, puisque les soldats, lors d'une première incursion, volent l'alliance du mari et le Coran).

La souffrance des corps

De nombreuses actions violentes sont décrites ayant pour conséquence de dévoiler la souffrance généralisée des corps : le corps blessé et inerte du mari, le corps abusé de la femme, le corps torturé du jeune soldat.

L'auteur revendique d'ailleurs la centralité du corps dans son écriture, comme le souligne la citation d'Antonin Artaud (écrivain français, 1896-1948) en épigraphe du roman : « Du corps par le corps avec le corps depuis le corps et jusqu'au corps. » Au cœur du récit gît un corps paralysé, blessé, et ceux des autres protagonistes sont tous des corps souffrants : possédés, dépossédés, aliénés, forcés d'enfanter, torturés, blessés ou même tués.

Douceur des gestes
et violence des paroles

Cependant, dès la première scène, et tandis qu'elle déroule son récit, la femme prend soin du corps de l'homme : elle le touche, le caresse, le soigne (la femme surveille la respiration de son mari ou lui humidifie les yeux), le lave, s'allonge à ses côtés, prie pour lui et le cache même lorsque les soldats font irruption dans la chambre. Cela ne manque pas de créer chez le lecteur une impression de vif décalage entre la parole et le corps : la violence de ce qui est énoncé et l'impétuosité du discours contrastent avec la tendresse du geste, sans que l'on sache qui de la parole ou du geste contredit l'autre.

Le récit d'Atiq Rahimi ménage ainsi aux corps souffrants qu'il met au centre de son récit des moments de répit, voire des moments de plaisir (lorsque la femme découvre le vrai plaisir charnel avec le jeune soldat, par exemple).

UNE ÉCRITURE CINÉMATOGRAPHIQUE

Le roman d'Atiq Rahimi est fortement influencé

par ce qui est l'autre terrain d'exploration favori de l'auteur : l'image. En effet, l'écrivain afghan est aussi photographe et cinéaste : outre les adaptations cinématographiques de ses romans *Terre et Cendres*, en 2004, et *Syngué Sabour*, en 2013, il a aussi réalisé des documentaires pour les chaines Arte et Histoire. Il a également animé un atelier d'écriture de scénario à Kaboul et travaillé dans la publicité.

On peut ainsi dire qu'Atiq Rahimi maitrise la technique de l'image et la « fabrique de récits frappants » (RASPIENGEAS J.-C., « Atiq Rahimi ou le roman de l'exil », in *la-croix.com*, 26 aout 2015) ; frappants par l'aspect très visuel de cette écriture, qui est simple, dépouillée et incisive.

Ces caractéristiques ont souvent incité les critiques à comparer l'écriture de cet auteur à celle de Marguerite Duras (femme de lettres et cinéaste française, 1914-1996). Or ce parallélisme n'est pas abusif, si l'on en croit les propos d'Atiq Rahimi lui-même : « J'ai appris à écrire en lisant *L'Amant* [1984]. Son économie de mots correspondait totalement à mon esprit formé par la culture afghane » (cité par GEOFFROY L., « Le double je d'Atiq Rahimi », in *lorientlitteraire.com*, janvier 2009). Le livre, écrit en mémoire de N. A., est dédié à une certaine « M. D. » : il s'agit probablement de Marguerite Duras, dont l'auteur est un grand admirateur.

Par ailleurs, le recours à une narration composée de scènes brèves, très imagées, comme si elles étaient simplement filmées, relève d'une volonté affirmée de l'auteur, comme il l'expliquait dans un entretien accordé au journal *Télérama* :

> « Je désirais que mon narrateur ait le regard hébété, qu'il soit paralytique comme le mari. Il ne fait pas de psychologie, il n'analyse pas, il enregistre ce qu'il voit, ce qu'il entend. Il parle d'elle, au plus près. Ensuite, cela devient un parti pris littéraire » (cité par LAVAL M., « Atiq Rahimi : "Je ne crains pas de dire la barbarie ou la décadence" », in *telerama.fr*, 22 novembre 2008).

Ainsi, le narrateur disparait derrière l'œil de la caméra, pourrait-on dire, qui se contente de « filmer-décrire » ce qui se déroule devant elle. Ce parti-pris laisse le lecteur en prise directe avec ce qu'il lit, sans la médiation de l'analyse, et cette confrontation immédiate produit un impact émotionnel puissant. C'est sans doute ce qu'avait voulu dire une amie de l'auteur qui, après avoir lu le manuscrit, lui avait dit : « J'ai l'impression d'avoir été violée. » (*ibid*)

D'UNE LANGUE À L'AUTRE

Atiq Rahimi écrit *Syngué Sabour* en français, contrairement à ses premiers romans, qui sont en persan.

En prenant cette décision, il s'inscrit dans la lignée d'auteurs qui ont choisi d'utiliser la langue française sans être eux-mêmes Français, tels Samuel Beckett (dramaturge et romancier irlandais, 1906-1989) et Milan Kundera (écrivain tchèque naturalisé français, né en 1929).

Les raisons de ce choix peuvent peut-être s'expliquer par la liberté qu'il implique. Pour Kundera, il s'agit de la volonté de s'affranchir de ses racines, d'embrasser pleinement un exil volontaire, lorsqu'il décide de rester en France malgré la possibilité de rentrer chez lui, en Tchécoslovaquie : « J'ai préféré ma liberté à mes racines. [...] La langue tchèque m'appelle : rentre à la maison, voyou ! Mais je n'obéis plus. Je veux rester avec la langue dont je suis éperdument amoureux. » (cité par BLANCKEMAN B. et HAVERCROFT B., *Narrations d'un nouveau siècle. Romans et récits français (2001-2010)*, Paris, Presses Sorbonne Nouvelle, 2013, p. 110)

Quant à Beckett, il cherche plutôt à se différencier de son mentor, James Joyce (écrivain irlandais, 1882-1941) ; mais aussi à « [s'] appauvrir » (cité par ASSEMÂNI SHÂHGOLI M., « Pourquoi Samuel Beckett est-il passé de l'anglais au français et du roman au théâtre ? », in *teheran.ir*, mars 2007), à trouver un style plus simple et épuré, éloigné de l'anglais, « trop chargé d'associations et d'allusions » (*ibid.*).

De la même façon, Atiq Rahimi choisit d'écrire en français d'abord pour pouvoir parler librement, affranchi de tous les affects liés à son passé et à sa culture afghane : « La langue maternelle dit l'intime, c'est elle qui nous apprend la vie, l'amour, la souffrance, elle qui nous ouvre au monde. C'est aussi la langue de l'autocensure. Ne serait-ce que le mot « maternel » : il crée trop de liens. » (cité par LAVAL M., « Atiq Rahimi : "Je ne crains pas de dire la barbarie ou la décadence" », in *telerama.fr*, 22 novembre 2008) L'auteur, désirant universaliser le message de son roman, ne pouvait donc pas employer sa langue maternelle, dans laquelle évoquer la femme libérée est un tabou :

> « Jusque-là, j'avais écrit mes livres en persan, mais là, je touchais un sujet tabou dans ma langue maternelle. Or, je ne voulais pas présenter la femme afghane comme un objet caché, sans corps ni identité. Je souhaitais qu'elle apparaisse comme toutes les autres femmes, emplie de désirs, de plaisirs, de blessures. Le français m'a donné cette liberté. » (cité par NOIVILLE F., « Pourquoi ils écrivent en français », in *lemonde.fr*, 20 mars 2009)

Choisir le français, c'était cependant choisir également la distance, car emprunter le langage de l'autre implique également d'adopter un autre point de vue, une autre manière penser. Le narrateur peut d'ailleurs, de ce fait, paraitre impersonnel et détaché du récit. C'est aussi s'adapter à un autre public, dont l'horizon d'attente sera différent ; en l'occurrence, un lectorat francophone, majoritairement français.

Cependant, Atiq Rahimi s'attache à faire coexister dans son ouvrage deux langues, le français et l'arabe. Rien que le titre, *Syngué Sabour. Pierre de patience*, les met déjà en parallèle. Au sein du récit, nous retrouvons d'autres mots arabes, dans les prières, dans les noms de Dieu (« Allah », p. 29) et dans « Al-Sabour » (« le patient », p. 153,), le mot qui semble réveiller le mari endormi, provoque l'éclatement de la pierre de patience, et la libération de la femme par la mort.

Finalement, de fil en aiguille, de calme prière en réquisitoire véhément et rebelle, Rahimi met en scène les confessions d'une femme opprimée, symboliquement libérée de l'oppression sociale, conjugale et religieuse. À la fois universel et hautement symbolique, ce roman constitue peut-être lui-même une pierre de patience, recueillant toutes les souffrances de ces femmes dans l'ombre dans un devoir de mémoire.

PISTES DE RÉFLEXION

QUELQUES QUESTIONS POUR APPROFONDIR SA RÉFLEXION...

- L'auteur a choisi de mettre au centre de son récit une femme. Il renoue avec des récits d'oppression ou d'émancipation qui se sont multipliés au XXe siècle. Peut-on le situer dans une généalogie plus vaste de romans féminins (dans la littérature française, francophone ou d'autres langues) ?
- En quel sens peut-on dire que la femme résiste par la parole ?
- Quel rôle jouent les contes ?
- Qu'emprunte la forme d'écriture du roman au cinéma ?
- En quel sens peut-on dire que c'est un récit sur l'exposition des corps ?
- Pourquoi, selon vous, l'auteur a-t-il choisi le français ? Et pourquoi dissémine-t-il néanmoins des mots arabes dans le texte ?
- Comment se mêlent les influences orientales et occidentales dans ce texte ?

- Peut-on dire qu'il s'agit d'un récit d'émancipation ?
- Que penser de la fin du récit ? Comment interpréteriez-vous la mort symbolique de la femme ? Pourquoi l'auteur nous dit-il qu'elle « rouvre doucement les yeux » après sa mort ?
- Comment la guerre est-elle représentée dans le roman ?

Votre avis nous intéresse !
Laissez un commentaire sur le site de votre librairie en ligne
et partagez vos coups de cœur sur les réseaux sociaux !

POUR ALLER PLUS LOIN

ÉDITION DE RÉFÉRENCE

- RAHIMI A., *Syngué Sabour. Pierre de patience*, Paris, P.O.L., 2008.

ÉTUDES DE RÉFÉRENCE

- ASSEMÂNI SHÂHGOLI M., « Pourquoi Samuel Beckett est-il passé de l'anglais au français et du roman au théâtre ? », in *teheran.ir*, mars 2007, consulté le 3 aout 2017. http://www.teheran.ir/spip.php?article331#nb3&gsc.tab=0
- BLANCKEMAN B. et HAVERCROFT B., *Narrations d'un nouveau siècle. Romans et récits français (2001-2010)*, Paris, Presses Sorbonne Nouvelle, 2013.
- GEOFFROY L., « Le double je d'Atiq Rahimi », in *lorientlitteraire.com*, janvier 2009, consulté le 2 aout 2017. http://www.lorientlitteraire.com/article_details.php?cid=7&nid=5348
- LAVAL M., « Atiq Rahimi : "Je ne crains pas de dire la barbarie ou la décadence" », in *telerama.fr*, 22 novembre 2008, consulté le 2 aout 2017.

http://www.telerama.fr/livre/atiq-rahimi-je-ne-crains-pas-de-dire-la-barbarie-ou-la-deca-dence,36049.php
* LAVAL M., « *Syngué Sabour. Pierre de patience, un hymne à la liberté et à l'amour d'Atiq Rahimi* », in *telerama.fr*, 26 aout 2008, consulté le 2 aout 2017. http://www.telerama.fr/livre/syngue-sabour-pierre-de-patience-un-hymne-a-la-liberte-et-a-l-amour-d-atiq-rahimi,32801.php
* NOIVILLE F., « Pourquoi ils écrivent en français », in *lemonde.fr*, 20 mars 2009, consulté le 2 aout 2017. http://www.lemonde.fr/livres/article/2009/03/20/pourquoi-ils-ecrivent-en-francais_1170385_3260.html#wwhBIcTOcGj87cPG.99
* RASPIENGEAS J.-C., « Atiq Rahimi ou le roman de l'exil », in *la-croix.com*, 26 aout 2015, consulté le 2 aout 2017. http://www.la-croix.com/Culture/Livres-Idees/Livres/Atiq-Rahimi-ou-le-roman-de-l-exil-2015-08-26-1348411

ADAPTATION

* *Syngué Sabour. Pierre de patience*, film d'Atiq Rahimi, avec Golshifteh Farahani, Hamidreza Javdan et Hassina Burgan, France, Allemagne,

Afghanistan, 2013.

Retrouvez notre offre complète sur lePetitLittéraire.fr

- des fiches de lectures
- des commentaires littéraires
- des questionnaires de lecture
- des résumés

ANOUILH
- Antigone

AUSTEN
- Orgueil et Préjugés

BALZAC
- Eugénie Grandet
- Le Père Goriot
- Illusions perdues

BARJAVEL
- La Nuit des temps

BEAUMARCHAIS
- Le Mariage de Figaro

BECKETT
- En attendant Godot

BRETON
- Nadja

CAMUS
- La Peste
- Les Justes
- L'Étranger

CARRÈRE
- Limonov

CÉLINE
- Voyage au bout de la nuit

CERVANTÈS
- Don Quichotte de la Manche

CHATEAUBRIAND
- Mémoires d'outre-tombe

CHODERLOS DE LACLOS
- Les Liaisons dangereuses

CHRÉTIEN DE TROYES
- Yvain ou le Chevalier au lion

CHRISTIE
- Dix Petits Nègres

CLAUDEL
- La Petite Fille de Monsieur Linh
- Le Rapport de Brodeck

COELHO
- L'Alchimiste

CONAN DOYLE
- Le Chien des Baskerville

DAI SIJIE
- Balzac et la Petite Tailleuse chinoise

DE GAULLE
- Mémoires de guerre III. Le Salut. 1944-1946

DE VIGAN
- No et moi

DICKER
- La Vérité sur l'affaire Harry Quebert

DIDEROT
- Supplément au Voyage de Bougainville

DUMAS
- Les Trois
  Mousquetaires

ÉNARD
- Parlez-leur
  de batailles,
  de rois et
  d'éléphants

FERRARI
- Le Sermon sur la
  chute de Rome

FLAUBERT
- Madame Bovary

FRANK
- Journal
  d'Anne Frank

FRED VARGAS
- Pars vite et
  reviens tard

GARY
- La Vie devant soi

GAUDÉ
- La Mort du
  roi Tsongor
- Le Soleil des
  Scorta

GAUTIER
- La Morte
  amoureuse
- Le Capitaine
  Fracasse

GAVALDA
- 35 kilos d'espoir

GIDE
- Les
  Faux-Monnayeurs

GIONO
- Le Grand
  Troupeau
- Le Hussard
  sur le toit

GIRAUDOUX
- La guerre de
  Troie
  n'aura pas lieu

GOLDING
- Sa Majesté des
  Mouches

GRIMBERT
- Un secret

HEMINGWAY
- Le Vieil Homme
  et la Mer

HESSEL
- Indignez-vous !

HOMÈRE
- L'Odyssée

HUGO
- Le Dernier Jour
  d'un condamné
- Les Misérables
- Notre-Dame
  de Paris

HUXLEY
- Le Meilleur
  des mondes

IONESCO
- Rhinocéros
- La Cantatrice
  chauve

JARY
- Ubu roi

JENNI
- L'Art français
  de la guerre

JOFFO
- Un sac de billes

KAFKA
- La Métamorphose

KEROUAC
- Sur la route

KESSEL
- Le Lion

LARSSON
- Millenium 1. Les
  hommes qui
  n'aimaient pas
  les femmes

LE CLÉZIO
- Mondo

LEVI
- Si c'est un
  homme

LEVY
- Et si c'était vrai…

MAALOUF
- Léon l'Africain

MALRAUX
- La Condition humaine

MARIVAUX
- La Double Inconstance
- Le Jeu de l'amour et du hasard

MARTINEZ
- Du domaine des murmures

MAUPASSANT
- Boule de suif
- Le Horla
- Une vie

MAURIAC
- Le Nœud de vipères

MAURIAC
- Le Sagouin

MÉRIMÉE
- Tamango
- Colomba

MERLE
- La mort est mon métier

MOLIÈRE
- Le Misanthrope
- L'Avare
- Le Bourgeois gentilhomme

MONTAIGNE
- Essais

MORPURGO
- Le Roi Arthur

MUSSET
- Lorenzaccio

MUSSO
- Que serais-je sans toi ?

NOTHOMB
- Stupeur et Tremblements

ORWELL
- La Ferme des animaux
- 1984

PAGNOL
- La Gloire de mon père

PANCOL
- Les Yeux jaunes des crocodiles

PASCAL
- Pensées

PENNAC
- Au bonheur des ogres

POE
- La Chute de la maison Usher

PROUST
- Du côté de chez Swann

QUENEAU
- Zazie dans le métro

QUIGNARD
- Tous les matins du monde

RABELAIS
- Gargantua

RACINE
- Andromaque
- Britannicus
- Phèdre

ROUSSEAU
- Confessions

ROSTAND
- Cyrano de Bergerac

ROWLING
- Harry Potter à l'école des sorciers

SAINT-EXUPÉRY
- Le Petit Prince
- Vol de nuit

SARTRE
- Huis clos
- La Nausée
- Les Mouches

SCHLINK
- Le Liseur

SCHMITT
- La Part de l'autre
- Oscar et la
  Dame rose

SEPULVEDA
- Le Vieux qui
  lisait des romans
  d'amour

SHAKESPEARE
- Roméo et Juliette

SIMENON
- Le Chien jaune

STEEMAN
- L'Assassin
  habite au 21

STEINBECK
- Des souris et
  des hommes

STENDHAL
- Le Rouge et
  le Noir

STEVENSON
- L'Île au trésor

SÜSKIND
- Le Parfum

TOLSTOÏ
- Anna Karénine

TOURNIER
- Vendredi ou
  la Vie sauvage

TOUSSAINT
- Fuir

UHLMAN
- L'Ami retrouvé

VERNE
- Le Tour
  du monde
  en 80 jours
- Vingt mille
  lieues sous
  les mers
- Voyage au
  centre de
  la terre

VIAN
- L'Écume des jours

VOLTAIRE
- Candide

WELLS
- La Guerre des
  mondes

YOURCENAR
- Mémoires
  d'Hadrien

ZOLA
- Au bonheur
  des dames
- L'Assommoir
- Germinal

ZWEIG
- Le Joueur
  d'échecs

www.lepetitlitteraire.fr

ISBN version numérique : 978-2-8062-2067-7
ISBN version papier : 978-2-8062-1236-8
Dépôt légal : D/2017/12603/838

Avec la collaboration de Marie-Pierre Quintard pour le résumé, les études de l'homme, du beau-père et de la tante, de la belle-mère et des beaux-frères, ainsi que pour les clés de lecture « La portée symbolique du récit », « Douceur des gestes et violence des paroles », « Une écriture cinématographique » et « D'une langue à l'autre ».

Conception numérique : Primento,
le partenaire numérique des éditeurs.

Ce titre a été réalisé avec le soutien de la Fédération Wallonie-Bruxelles, Service général des Lettres et du Livre.